Demon in the Mist - Part 2 – Bengali

কুয়াশা মধ্যে দৈত্য - পার্ট 2

এই মার্জ বই দুটি হল.

আপনি অনুবাদ একটি সমস্যা যদি জানতে

আমার Josephhradisky@aol.com এ

দয়া করে - আপনার সমর্থনের জন্য

ধন্যবাদ.

Samantha

আমি আমার পরিবার, বন্ধু, এবং প্রথম

পদক্ষেপে নিতে সাহস যারা এই বই উৎসর্গ.

এই গল্পরে সব অক্ষর কল্পতি হয়.

ব্যক্তি জীবতি বা মৃত কোন

প্রতচ্ছিায়া বশিুদ্ধরূপে সমকালীন

হয়.

এই গল্প পড়ার জন্য আপনাকে

ধন্যবাদ.

"আপনি সেখানে জেন আউট হতে পারে না. " মেলেন্ডা তাঁকে টাইট রাখা তার হাত ধরলাম . "এটা একটা ফাঁদ যেহেতু ব্যক্তি এখনও জীবিত সম্ভাবনা মহান না. মহান না এ সব."

আরেকটি আর্তনাদ বাতাস ভরা . প্রতিধ্বনি সদা পরিবর্তন গুঁজন মধ্যে চরিত্রে নেভিগেশন যেতে করলে া . শাব্দ প্রভাব যেমন যদি এটা কুয়াশাচ্ছন্ন হলে ,

তুষার , একই কাজ করেনে. বা ভাল ছবি তারা বৃষ্টি অরণ্য বা কিছু মত একটি ভারী কুয়াশা আবৃত ছিল . জন টম একটি সিদ্ধান্ত উপনীত হওয়ার আগে প্রতিধ্বনি মান pondered . "তিনি এখনও জীবিত . "

স্তব্ধ মেলেন্ডা তাকে পরিণত. "আপনি কি সে এর অর্থ কী? কেনে এটা একটা সে হবে? "

"একটি যুদ্ধে এক গুরুত্বপূর্ণ নিয়ম নেই. আপনার শত্রু জানুন

. একটি দুর্বলতা হসিবে ভাবা যতে পারে কি জাননে . তারা সম্ভবত থনি জানি . "

এই সময় এটা হাসা তার পালা ছলি . " যে হবে কি কল্পনা করতে পারি . "

" এর পরে আপনি আমি এটি একটি তিনি জাননে কভিাবে বুঝতে . অন্য কছিুই আমার অরক্ষতি এখানে আপনি চলে গলে না. "

"তারপর কি তাদরে কাছে আপনার এখনও যতে হবে মনে কর? "

"আপনি এখানে নিরাপদ কারণ . শুধু আমার

. সর্বদা কে ানে া কারণে আমার সম্পর্কে

আছে . আমি শুধু তারা এ সব কে ানে া

ডাগ্রী আপনার সম্পর্কে না যত্ন করবেনে

. পাশাপাশি . আমি জানি কিভাবে আমাকে

জিজ্ঞাসা করবেনে না . হয়তে া এটা হয়

ধারণা আমি এক দিনি আমি কে সত্যিই কনে

তা জাননে. ছায়া বশি্বরে খুঁজে পতেে এবং

আমাদরে হুমকি যে ভূত ধ্বংস করতে একটি

উপায় খুঁজে পাবনে . তাদরে কে ান ভয়

আছ.ে তারা শুধু আমার চারপাশরে হতে

পছন্দ করি না. দয় শুভস্য আমি তাদরে

জন্য ভাল োচলে না. "

মলেনি্ডা স যুক্তি হারযি়েছে জানত. "

সাবধান এবং আর অন্তত কছিুক্ষণরে জন্য

ফরিে আমার আসা. "

জন টম তার তলে াযা়র আপ গ্রহণ এবং

দরজা আউট শরিে ানাম আগে তার দীর্ঘ

চুমু দলি. " য বেষিয়ে চনি্তা করবনে না.

আমি ঠকি এখন,

আরে া কাজ করতে চান কিছুই নেই , তাহলে আমরা প্রেমে করতে যখন আপনার মিষ্টি শরীররে নরম উষ্ণতা অনুভব করতে . " যে চিন্তা তার মনরে মাধ্যমে অনুনাদী সঙ্গে তিনি সাদা কুয়াশা মধ্যে সর্বস্বান্ত হয়েছিলি.

****

সামান্থা ভয়াবহ তার চারপাশে তাকিয়ে. তিনি এখন বৃত্তরে খুব কেন্দ্র, দাঁড়িয়ে ; তিনি তার চারপাশে

walked হিসাবে Dotar করেছিল . এখন সে

এটি একটি যে দৈত্য এবং তার স্বামী

ডোনাল্ড মধ্যে স্থাপন করা হয়েছে জানত.

সে কখনও এই বেঁচে থাকলে তিনি সে খারাপ

নরকের চেয়ে ভাগ্য ভোগ নিশ্চিত করবে .

তিনি আবার তাদের উভয় হিউম্যান করা

গলায়. এখন সমস্যা হল দুটি ভাঁজ ছিল .

প্রথমত, ও সর্বাগ্রে , হাউন্ডস প্রবেশ

করতে সক্ষম হবে আগে লাইন শেষ হবে

কতদিন ছিল . দ্বিতীয়ত, সত্যিই ফাঁদ জন্য

সেট ছিল এবং লক্ষ্য অর্জিত হয়েছিল

একবার কি ঘটতে পারে কে . তার মন তাই
সে দুটি ভূত এখনও তার পর্যবেক্ষক ছিল
লক্ষ্য করতে ব্যর্থ হয়েছে তার
চিন্তাভাবনা আচ্ছন্ন ছিল .

****

কে এই জন টম ছিল মনোযোগ ব্যর্থ
হয়নি. তিনি অন্য দৈত্য সমঝোতার
প্রচেষ্টা ছিল না হওয়া পর্যন্ত ধীরে ধীরে
তিনি স্যামন ক্রিক এর UC পয়েন্ট দিকে
তার পথ তৈরি করছে

. স্পষ্টত মহিলা এই এক , , একটি ডজন Hellhounds দ্বারা বেষ্টিত করা লাগে . তিনি মূর্ত আউট কি তারা সে খুঁজে পাই নি অর্থাত তার পেতে পারে না হয়. এই জায়গা বা ঐ লাইন বরাবর কিছু একটা লবণ বাধা ছিলি অভিপ্রেতে . তিনি পরিলিক্ষতি পরবর্তী জিনিসি তাদেরে চারপাশে ঘটছে ছিলি কি কি করতে চেয়ে তার যাও আরে া মনযে াগ প্রদান করা হয় যারা অন্য দুটি ভূত ছিলি . রাইট এই দুটি , আপাত নতোদেরে পিছিনে , তিনি এখন দুই ডজন গে ৌণ ভূত অন্তত

18 দখেতে পারে. জন টম তনিি এই জানত কনি্তু কনে এটা প্রশ্ন না করে কভিাবে নশি্চতি না . পরবির্তে তনিি এটা হসিাবে অত্যাবশ্যক তথ্য পররে জায়গা নতিে হচ্ছে যাই হে াক না কনে জন্য ব্যবহৃত . দুটি নতোদরে অধকিতর দূরে তাদরে সনৈ্য থকেে সরানে া যত তাড়াতাড়ি এক কম যা হয়ে ওঠে একটি বাধা , . তারা অধকিার স্পট ছলি যখন জন টম তার খলোর করছেনে .

****

তিনি শুনেছেন প্রথম শব্দ তুষার ফুট অধীন হিমায়িত স্থল আঘাত দুটি সংস্থা দুম্ করিয়া ছিল . তারপর তিনি তাকে দেখেছি এবং তার মন স্থগিত . Hellhounds এর ভয়াবহ এখানে যথেষ্ট খারাপ ছিল না সে এখন গত তিনি বছর ধরে জমিদারি হয়েছে তার দুঃস্বপ্ন থেকে একটি জীব ছিল . সর্বদা একই . সর্বদা একই অসুন্দর মানুষের সঙ্গে . আর সব থেকে খারাপ তারা সবসময় লিঙ্গের থাকার শেষে হবে . সে কখনও তার মতে । একজন মানুষ সাথে

যে ৌন সম্পর্ক করে কে ান উপায় ছলি.

তবুও, তার স্বপ্ন খুব দীর্ঘ পথ জন্য তার মুখ দ্বারা পরপিূর্ণ করা হয়ছেে . এখন সে এই সে জন্য টে াপ ছলি এক বলতে পারে.

****

জন টম কভোর বাকি কন্তিু তার তলে ায়ার আঁকা হয়নি. এখানে একটি লবণ নষি্কাশন উদ্ভদি অনকে আগে ছলি যখন একত্রীকরণ UC নরি্দশে করুন , অথবা এটা হসিাবে লবণ বনি্দু বলা হয়ছেে

আগে, একটি বাস্তব পার্ক হয়ে উঠছে

প্রক্রিয়ার মধ্যে ছিল কিন্তু এটা সবসময়

তিনি যখন আগে ছিল হিসাবে এটি এখন সব

প্রবৃদ্ধ ছিল তরুণ . তিনি ভূত তার পথ

তৈরি হিসাবে তারা তাকে শুনে তারা পরিণত.

যা সত্যিই জন টম ব্যাপার না. পরিবর্তে

তিনি মাটিতে তাদের slamming আগে তাদের

throats চারপাশে তার হাত আবৃত ঘাড় ফিরে

দ্বারা তাদের দখল হাজার . তাদের মৃতদেহে

হিমায়িত মাটি আঘাত হিসাবে এয়ার তাদের

আউট whooshed. একটি দ্বিতীয় চিন্তার

ছাড়া তিনি বৃত্তের মধ্যে ধরা দৈত্য শিরোনাম আগে তাদের ছেড়ে দেওয়া . তিনি মেলিন্ডা Hellhounds সংক্রান্ত তাকে বলেন ছিল একটি তত্ত্ব পরীক্ষা করার সিদ্ধান্ত নিয়েছে.

দৈত্য সেনাবাহিনী তাকে আগাম শুরু হয়েছিল কিন্তু জন টম শুধু এই হুমকি উপেক্ষা . ঠিক এখন তার সমস্ত মনোযোগ সরাসরি তার সামনে চার হাউন্ডস উপর নিবদ্ধ ছিল . তিনি তারা তার জন্য এখানে ছিল

জানতাম কনি্তু তাদরে মধ্যে , ডান তাদরে

এ হাঁটা থকেে তাকে থামাতে এবং ডান বৃত্তে

মধ্যে ছলি না. যত তাড়াতাড়ি তনিি কি

হসিাবে মহলিা দতৈ্য এর চে ায়াল প্রথম

তার স্পর্ধা এ অবনমতি এবং হাউন্ডস

ধারণা কডৈ

দ্বতিীয় আক্রান্ত ছলি . তার দু: স্বপ্ন

তার অস্ত্র তার গ্রহণ এবং আগরে

সম্পন্ন করছেে কে ান এক মত তার চুম্বন

করার পূর্বে, ডান সে দাঁড়য়িে যখোনে আপ ,

বৃত্তরে মাধ্যমে walked হসিাবে এখনে া

এটি তার শষে বসি্ময় ছলি না. চুম্বনরে তীব্রতা বাজ এর একটা বে াল্ট তার আঘাত থাকার মত ছলি . কি তনিি লক্ষ্য করছেি যে এটি সংযুক্ত কে ান স্ট্রিং সঙ্গে দওেয়া হচ্ছে না. কে ান প্রত্যাশা . কে ান unneeded লাগজে . এটা শুধুমাত্র একটি সহজ চুম্বন ছলি . সে সব পথ তার পায়রে আঙ্গুল করার পাশাপাশি তার আত্মার সুদূরতম করনাররে নচিে অনুভব করছেি এক . একটি শব্দ এটি ' ভালে াবাসা ' একটি চুম্বন ছলি .

জন টম অবশেষে এটি বন্ধ কপর্দকশূন্য

আগে চুম্বন বশে কয়কে মনিটি ধরে চলে .

" সুতরাং আপনি আমার স্বপ্ন শুধু একটি

ছায়া ছিলি না . আসলে আপনি কি কখনও

এত ভালে । বাস্তবে আপনি সেখানে কি আর

চেহারা. "

সামান্থা পুরুষ মানুষরে এ stared . তিনি

মানুষরে আগে কখনে । ছিলি যহেতেু তিনি

তার দুঃস্বপ্ন থকে জীব প্ররেণার কি

কে ান ধারণা ছিলি না

. কনি্তু তনি তার স্পর্শ তার কাছে

দখেয়িছেনে অপ্রাসঙ্গকিতা দ্রুতগততিে

মে াকাবলো ও করা হবে. "আমি আপনি

আপনার স্বপ্ন দখোবে ... আপনি ...

আমার সবচয়েে খারাপ হয়ছেে " তনি

আরে া বলতে হচ্ছে কনি্তু মানব তার উপর

তার পছিনে পরণিত করছেে . তনি এখন

চক্কর হাউন্ডস সম্মুখীন দাঁড়য়িে .

জন টম তার শার্ট পাশাপাশি তনি

প্রয়ে াজন ছলি না অন্য কছিু বরাবর

মাটতিে তার তলে েয়ার রাখা. এই

হাফপ্যান্ট , মে াজা , এবং জুতা দযি়ে তাকে

ছড়েে . সামান্থা কছিু, কছিু বলতে চয়েছেলিনে

, কনি্তু দূরে তার শরীর থকেে তার চে াখ

নতিে না পারে. কছিু দাগ সালে তনিি

সম্ভবত একটু মাত্রাতরিকি্ত ওজনরে ছলি

. অন্যান্য এলাকায় তার পশেী ভাল অন্তত

বলতে নরি্ধারতি ছলি , যদওি . তার চে াখ

তাকে ক্ষুধার্ত ছলি তাদরে চে াখ একে

অপররে সাথে লক তাই জন টম প্রায়

পরণিত . এবং সে তাদরে মধ্যে হংিস্র .

অনন্তকাল একটি গভীর ফাটল . সে তার

আবেগে এবং হতাশা মিশ্রণ সঙ্গে হাঁপান

তৈরি দেখেছি কি . তারপর তার চোখ

তুষার ভরা বায়ু হিসাবে সর্বস্বান্ত হয়েছে

একটি অট্ট গর্জন সঙ্গে প্রতিধ্বনিত ...

" Aaahhhh ! ! ! ! "

সবকিছু চলন্ত বন্ধ. Dotar এবং ডোনাল্ড

halfway তাদের ফুট ছিল . দৈত্য

সেনাবাহিনী শুধু তাদের পিছনে দাঁড়িয়ে .

সমস্ত বারো Hellhounds বৃত্তে মানুষের

মুখোমুখি পরিণত. তারা আবার শোনা যায়নি পর্যন্ত সামান্থা ইকোগুলি অনুসরণ করে. তারপর নরকে আলগা কপর্দকশূন্য. জন টম , লবণ বৃত্তে ধীরে ধীরে পদচারণা চারপাশে তাকিয়ে তারপর, বাধা মুছা আউট তার ডান পায়ের নেন . তিনি সরে আসার আগে এক মিনিটের জন্য সেখানে দাঁড়িয়ে . তিনি কি হিসাবে একটি জ্বালাতন এটি সুযোগ এবং আক্রমণ এর দেখেছি . পশু অধিকার মানব না অস্ত্র মধ্যে বৃত্ত মাধ্যমে raced . তারপর এটি শিলা হার্ড

হমিায়তি স্থল মধ্যে মর্মান্তকি আগে বায়ু মাধ্যমে পাল - ওয়্যালা . ভঙ্গ হাড় শব্দ শুধু ভঙেে হচ্ছে একটি চে ায়াল শব্দ আগে ফইেড দবিালে াক ভরা . জন টম পরবর্তী নকিটস্থ জ্বালাতন আক্রমণ বৃত্তরে বাইরে ধাবমান আগে , মৃত জীব এর মুখ , চলুন . এই এক খুব কে ান সুযে াগ ছলি. প্রতটি আক্রমণ, সঙ্গে, onlookers একাকী মানুষরে নরকে beasts প্রতি দুর্বলতা জানতাম কভিাবে লক্ষ্য. যখনই তনিি একটি ভনি্ন জয়ে স্পট প্রকাশ করা প্যাচসমূহ একটি

ভনি্ন সরিজিরে ব্যবহৃত , , নতুন শকিার আক্রমন . সামান্থা কি তার চ োখ দখেে ছলি বাস্তব জানতাম কনি্তু তার মন সে তাকে এখন কি দখেছ্ি কি সঙ্গে লগেছ্েে ইন আসছ্ে তথ্য হৃদয়ঙ্গম করতে পারনিি.

দুটি তাকে আক্রমন যখন জন টম শুধু তার পঞ্চম নষ্ঠ দূরে নকি্ষপি্ত হয়. তনিি হাউন্ডস সম্পর্কে প্রশংসতি এক জনিসি ছলি. তারা ক োন ভয় জানত. দুই beasts এর প্রথম , তনিি দ্বতিীয় মাটরি তাকে

ছটিকে হসিবে একপাশে ছটিকে . এই এক

তার গলা ধরে চালু ছলি কনি্তু তনি

শুধুমাত্র একটি বটি দ্রুততর করে. জন টম

এর দাঁত মৃতু্য জ্বালাতন অধীন থকে

বরেয়ি scrambling আগে তা একটি বড়

গর্ত চরো পশু গলা সম্মুখরে লক . এই

সময় দ্বারা অন্যান্য তার ডান হাত

সম্মুখরে হুড়কা যুদ্ধ rejoined ছলি . জন

টম পায়রে কয়কেটি দাঁত মাংসরে মধ্যে ডুবা

পারে. রাগ তনি আরো । স্পষ্ট মনে হতে

পারে তাই দূরে searing ব্যথা সীল তার মন

মাধ্যমে roared . তিনি একই সময়ে উভয় কান smacked উভয় হাত টেকিং . প্রভাব প্রাণী eardrums blew . তারপর মানব জন্তু এর চোখের মধ্যে , হিসাবে হার্ড হিসাবে তিনি পারে , তার তর্জনী shoved . তারপর অন্যান্য প্রথম এক . তিনি পশু ব্রজি , , নাক সম্মুখের হার্ড তার হাত নিচে আনা যখন জ্বালাতন ব্যাথা চিত্কার ছিল . ভঙ্গ হাড় একটি ফাটল , , তাড়াতাড়ি জ্বালাতন এর ফুসফুসের মধ্যে নিঃশ্বাসের হচ্ছে রক্ত কবল দ্বারা অনুসরণ করা

হয়েছে . সেকেন্ডের মধ্যে কুকুর মৃত. এই এক বাকি আগে অনেকে আর গ্রহণ করা হয়নি মারা যান সব পরে হাউন্ডস মারা গেছে . প্রবাহিত রক্ত রাতের মধ্যে , দিনরাত মধ্যে , স্কুল অবস্থানের উপর ভিত্তি হিসাবে একটি আরক্ত সূর্যাস্তের মধ্যে গত সাদা বরফ পরিণত.

সমস্ত চে াখ মানব ছিলি . জন টম নেতোদের হতে যাচ্ছিলেনে যে দুটি ভূত দেকি তাকিয়ে. তারপর তার মুখ থেকে ... "আপনি

... (তিনি ডান ডোনাল্ড এ তীক্ষ্ন)

... এই এক স্বামী ... (তিনি সামান্থা

তীক্ষ্ন এই সময়) হয় ... এবং আপনি

কি করবেন?

আপনি (জন টম তিনি এই জানত কিভাবে

হিসাবে কোন থেকে ছিল কিন্তু তিনি তা

সত্য ছিল নিশ্চিত ছিল) ... আমাকে

আউট টোপ ... সে অধিকার আমার

বরাবর মরে যাচ্ছে এমনভাবে টোপ হিসাবে

তার ব্যবহার. .. (জন টম বৃত্তের অন্য

অধ্যায় পদচারণা এবং সাবধানতার সাথে

একটি অদ্ভুত সামান্য বাক্স প্রকাশ করা প্রায় বরফ সরানো) এই সঞ্চালনরে জন্য আপনার পরকিল্পনা ছলি জন্য ... ... (তনি ছোট বাক্স বলতে থামানো ঠকি যমেন করছনে অপ্রমাণতি কোন বরফ ছাড়া কছিু) ক্ষতি ... এবং আপনার মহলিার সামান্য এখন মৃত হতে হবে. "

ডোনাল্ড ঘৃণতি মানুষরে দকিে তাকয়িে. সত্য যে তনি বাকি তুলনায় এই এক আরও

ঘৃণা করতে শুরু করেনে. "কিভাবে আপনি এটি আমার ছিলি জাননে? "

জন টম একটি দড়ি কুড়ান নচিে পেৌঁছনে । , তনি তনি তাদরে পাওয়া ছলি সময় থকেে দখো , এবং এটি নভেগিশেন yanked ছলি . এক প্রান্ত অন বাক্সরে দহোবশষেরে সরানে া. অন্যান্য এ ডে ানাল্ড বৃত্তরে দকিে টানা হয়. "এই আমি জানি না. (জন টম সে বষিয়ে কথা হয়ছেলি কি কে ান ধারণা ছলি না কন্তিু শব্দ তাদরে প্রভাব

দখেতে প্রবাহ যাক) আপনি একসাথে আমার সংগ্রাম করে তার শক্তি, এবং জ্ঞান, ব্যবহার করছেনে উচতি পরবির্তে টে াপ জন্য তার ব্যবহার করে . তার দযি়ে আপনি জয়ী হতে া . তবে আপনাকে কাজ করা উচতি কি ... (জন টম , রক্ত এবং রক্ত মধ্যে আবৃত , মহলিা দতৈ্য উপর পদচারণা) ... ডে ানাল্ড এখানে সামান্থা গ্রহণ করা এবং এই কাজ করতে হয়. " তনিি আবার স্ত্রী দতৈ্য হে াল্ড ধরলাম এবং তার kissed তাই বচি্ছদে জন্য

একমাত্র কারণ তাই তিনি আবার শ্বাস ফেলো পারে ছিলি যথেষ্ট . "এটি আপনার স্ত্রী হয় . আপনার সঙ্গী . আপনি কোন ব্যাপার কি দিয়ে চরিত্রে ভাগ একমত যে ব্যক্তি . সুতরাং আপনি কি করবেন? আপনি টোপ হিসাবে তার ব্যবহার. (জন টম সামান্থা এর চোখের মধ্যে গভীরভাবে তাকিয়ে.) কোন ব্যাপার আমি পরিস্থিতির যারা ছিলি এক , হয় , কখনও এই মত আমার সবচেয়ে ভালো বন্ধু . ব্যবহার না. "

সম্ভ্রম একটি বর্ণন সামান্থা মুখে ধরে নির্গত . সে আগে কেউ করে, এত সত্য , বুঝতে, গভীরতা দেখা যায় কখনও. এখানে একটি সমান হিসাবে তার আচরণ করবে কে কিন্তু অন্য সমস্ত উপরে তার ইচ্ছা হবে একজন মানুষ ছিলেন যিনি . তিনি তারা তার ঠোঁট থেকে নির্গত শব্দ বন্ধ করা যায়নি আগে . "এবং আপনি কি উত্থাপন করা হয়? "

জন টম আশ্চর্যজনক মহলিার দকিে
তাকয়িে. তার অবশি্বাস্য ঠে াঁট এ . তার
চে াখ মাধুরী . হঠাৎ সে সব তাদরে
কাছাকাছ ি, নানারকম মাপ , লাইন দখেতে
পারে. শুধু একটি মুহূর্ত জন্য . তারপর ,
ঠকি যমেন দীর্ঘ জন্য , তনিি সে তারা
বলছে ছলি কি হসিাবে কে ান থকেে ছলি ,
যদওি তনিি তাকে বলতে তাদরে শুনতে পারে
না. "আমরা সত্যহি ভয় কি এই বচেোরা
প্রাণী প্রদর্শন হসিাবে , একটি সমান
হসিাবে , আমার সাইড এ দাঁড়ানে া. "

"আপনি আমি আপনি নিজেকে বধ খুঁজছেনে

ছলি সত্ত্বেও এই কাজ করবে? " সামান্থা

এই মানুষরে চনি্তা ছলি বসি্ময়রে উদ্রকে

কি . এখনও তনিি ডে োনাল্ড শতাব্দী তার

দখোনে া ছলি তুলনায় অনকে বশেী ছলি যে

কয়কে মনিটিরে মধ্যে তার যাও আরে া

আনুগত্য , , দখোনে া হয়.

"নশি্চয়ই . আপনি সত্যরে পূর্ণ ব্যাপ্তি

পরচিতি ছলি না . আপনার জানা উচতি

তথ্য আরে া এক

টুকরা পর্যন্ত. " জন টম ডো নাল্ড এ ওভার লাগছিলি . "তিনি কেবেল তিনি এই দিনে আসতে হবে জানত কারণ তার কেনে বাকি তারা আপনার প্রয়ো জেন জানতাম . আপনার সঙ্গী হয়ে , এবং আপনি , শুধুমাত্র ফাঁদ সেটে করতে হয়. এটা সব একটি শুরু থেকে সেটে আপ. ছিলি "

সামান্থা তার স্বামী এ stared . "তিনি সত্য বলছেনে কি?"

"অবশ্যই এটা সত্যি. " তার মুখের ওপর হাসা তার তার দিকে একটি পদক্ষেপ গ্রহণ করেছে . শুধু জন টম এর হাতে তার পিছনের তার রাখা .

"আপনি আপনি পিছনে আমাকে রাখার কোন অধিকার আছে. আপনি আমার নিজের না . " সামান্থা আবার তাকে গত পেতে চেষ্টা করেছিলি কিন্তু তাকে তার পথ অবরুদ্ধ পাওয়া যায় নি. " আপনি শুধু তার মতো া

হতে এবং আমার জীবনরে নয়িন্ত্রণ করা যাচ্ছে? "

সে পাস পারে , তাই মন্তব্য তনি অবলম্বে সরাইয়া ধাপ ধাপ . তনি বলনে, সব, " আপনি কি আপনার কবররে মার্কার উপর কি চান? "

এই তার স্বল্প বন্ধ. " আপনি যে দ্বারা কি বো ঝাতে চয়েছেনে? "

"এটা খুব সহজ. আমি আপনাকে সময়

আপনাকে যা হবে সব কিছুই জন্য মারা হয়

ডান তারপর হল জানাতে আগে আপনি তাকে

পরে যেতে হবে. " জন টম তার এ smiled

. " আপনি বলেনে ভালো । কিন্তু, , এটা

আপনার পছন্দ. আমি শুধু আপনার মৃত

পর্যন্ত অপেক্ষা করুন এবং তারপর পরে

তাদেরে প্রতিহিংসা গ্রহণ করা হবে. "

সামান্থা মানুষের এ দীর্ঘ লাগছিলি . তিনি

কোন ছলনা খুঁজে পাইনি. কোন বিদ্রূপ .

তনিি তাদরে দখেতে পারে হসিাবে শুধু ঘটনা উপস্থাপন . এখনও তনিি ডে োনাল্ড পরে যতেে চয়েছেলিনে কন্িতু তনিি সঠকি ছলি কি . কি একটি ভাল সময় ছলি . এবং কি দুঃস্বপ্ন দুঃস্বপ্ন ছলি না কন্িতু সত্য হ্যান্ডলে এত কঠনি ছলি, কারণ আসার একটা পূর্বাশঙ্কা তনিি শুধু উপকে্ষা চয়েছেলিনে . তবুও, শষে পর্যন্ত, সামনে সবচয়েে যনিি এখানে শুধুমাত্র একটি পুরুষ মানুষ ছলি . তাছাড়াও তনিি তনিি কভিাবে সুদর্শন , তারফি , অথবা স্বীকার করতে

পারনিি. আসলে এটা তার উপর ভে ার শুরু হয়েছেলি সে তার হাত দিয়ে তার নগ্ন শরীর মনে অনকে চয়েছেলিনে. প্রতি ইঞ্চি সে আবিষ্কার করতে পারে তা দখেতে অন্বষেণ করা. " ফাইন . " সে আবার বৃত্তরে কন্দ্রে অনগ্রসর ধাপ ধাপ হসিাবে সব তনিি বলনে ছলি . "আমি যদওি ... কভিাবে আপনি আমাকে রক্ষা এবং একই সময়ে তাদরে যুদ্ধ করতে যাচ্ছি এক প্রশ্ন আছে? "

জন টম তাই নামে পরিচিত হবে কি,

smiled তার মুখের হাসি, 'আমি আপনাকে

জিজ্ঞাসা কখনও হবে'. "সহজ." জন টম

ডোনাল্ড পিছনে সেনোবাহিনীতে ভূত এক

তীক্ষ্ন." আপনি তার চেষ্টা এবং স্পর্শ

বাঁচতে চাই."

সকলের বিস্মিত, জন টম ছাড়া, দৈত্য দূরে

বৃত্তের দিকে সেনোবাহিনী থেকে সরানো. এই

তিনি সেখানে প্রবেশ করার চেষ্টা করার

আগে দু 'বার কাছাকাছি গিয়েছিলাম. যত

তাড়াতাড়ি তিনি ক্রুশ চেষ্টা হিসেবে একটি অদেখা বাধা তুষার মধ্যে অনুন্নত তাকে ছুড়ে ফেলে. তিনি মানুষের তাকান থামানো আগে দৈত্য দুইবার আরো চেষ্টা. "আমি পাস করতে পারবেন না. কি এখন ?"

জন টম দৈত্য করতে গিয়েছিলাম এবং তার হাত উত্থাপিত. " আপনি আমাকে বিশ্বাস করেন? "

দৈত্য জন টম তার কপাল স্পর্শ হিসাবে তিনি কি nodded .

"আপনি যেতে পারে. আপনার স্বাধীনতায় তাদের মধ্যে অবাধে পাস. "

অন্য শব্দ জন্য অপেক্ষা ছাড়া দৈত্য Dotar এবং ডোনাল্ড মধ্যে একটি স্পষ্ট নেতৃত্বে. এটি কাছাকাছি সৃষ্টি হিসাবে এই দুই সীসা ভূত পদমর্যাদার বন্ধ করার চেষ্টা করছিলেন কিন্তু তারা পারে না পাওয়া যায় নি. কম দৈত্য তাদের মধ্যে পাস হিসাবে তারা আবার চেষ্টা. এই সময় অন্ধকার প্রাণী বধ ঝগড়া ব্যবহার করে .

তারা ব্যর্থ হয়েছে. এটি দৃষ্টিশক্তি থেকে বিলুপ্ত পর্যন্ত সামান্থা গৌণ দৈত্য পর সম্ভ্রম stared .

"কিভাবে এই সম্ভব ?" সামান্থা জিজ্ঞাসা. " এটি এখনও বাস করে? "

"এক এটা দেখায় যখন তার নামে বিশ্বাস . তাহলে এটি সাধারণত ধরনের ধার্য হবে. এটা আমার বিশ্বাস . আমি ঘুরে, এটা আমার আস্থা দেখিয়েছেন. " জন টম দুই নেতা ভূত ফিরে চালু

করার আগে তার এ smiled . "আর কিছু ,

আপনি ডোনাল্ড মত , এটা মানে কি জানি

না. "

" আমরা পেতে আগে এখন, আরও একটি

আশ্চর্য জন্য, এই পার্টি শুরু . " জন টম

সামান্থা হাত দ্বারা তার গ্রহণ করার

দাঁড়িয়ে ছিল যেখানে করতে গিয়েছিলাম .

তারপর তিনি "আপনি বন্দী নয়. যে

কোনো সময় আপনি যেতে হয় আপনাকে

যা করতে হবে সব ছেড়ে চলে যেতে ইচ্ছুক .

" বৃত্তরে বাইরে এবং ফরিে ইন তার

নত্বেৃত্বে

সামান্থা তার মুখরে ধাক্কা প্রকাশরে

আড়াল করতে পারনেি. যমেন সততা .

ক্ষমতা . এই মানুষরে সাথে আসতে পারনে

চমকরে কে ান শষে হতে চান? তবুও সে

তারা ফরিে তনি তার হাতরে যান তার

তলে ায়ার নতিে দওেয়া বৃত্তে ছলি একবার

জন্য এই কে ানে া বাস কে ান সময় ছলি

. জন টম Rune পরহিতি থাপ থকেে

মনে যে াগ শ্রেষ্ঠ উত্কীর্ণ ফলক সৃষ্টি. থাপ তিনি তাদরে শত্রু এ ব্যার্থতার আগে মাটতিে সটে. তাছাড়াও শষেে অবাক তার ক্ষমতা কি. পরবির্তে দুটি সীসা demons এর তিনি সনোবাহিনীর জন্য সঠিকি গয়িছেলিাম.

Dotar nodded যারা ডে োনাল্ড দকিে তাকয়িে. একটি তাত্ক্ষণকি ইন সামান্থা encasing পুরে া বৃত্তরে চারপাশে একটি বস্ফিে ারণ ছলি. ধে াঁয়া পর, এবং কচ্ছিুটা

তুষার , পদাঙ্ক বৃত্তরে রয়ে যা সব অনুর্বর মাটতিে ছলি সাফ করছেে . Dotar মনরে মধ্যে শুধুমাত্র একটা চনি্তার সঙ্গে সামান্থা জন্য সে াজো দে ৗড়ে. তার বধ করতে . সে বপিদরে মধ্যে ছলি , যখন জন টম সনো যুদ্ধ রাখা হসিাবে সামান্থা শক দখেছেনে . ডে ানাল্ড তার স্ত্রী দকিে তাকয়িে শুধু অপহসতি . Dotar এত কুয়াশা মত vaporized হবে , হমিায়তি মাটরি উপরে , এলাকায় আঘাত না হওয়া পর্যন্ত যে . শীঘ্রই হার্ড পতনশীল তুষার দত্যে নতো

সব টরসে অপনে াদতি . যত তাড়াতাড়ি তনিি কি ঘটছে দখেছে, তার সঙ্গীর , ডে ানাল্ড আরে া ধীরে ধীরে উন্নত .

"আমি আপনি দুটি হত্যা করে যখন তনিি কাছাকাছি না একটি লজ্জা . এটা আপনার নায়ক তারপর আমি কখনও আমি খুঁজে বরে করতে হবে সব সময় থাকবে যত তাড়াতাড়ি আমার সনোবাহনিী তাকে নহিত হয়ছে. আপনাকে সুরক্ষা চযে়ে কি ভাল জনিসি আছে বলে মনে হয় আপনি হত্যা করতে একটি উপায় . "

এই সময় দ্বারা তিনি তার এবং জন টম মধ্যে একটি স্টপ করতে আসার আগে প্রায় চক্কর ছিল . তিনি কি যখন তিনি কাছাকাছি কিন্তু না তিনি তার দীর্ঘ তলোয়ার দিয়ে তার আক্রমণ পারে তাই যথেষ্ট নিকট এসেছিলেন. "আপনি কি এটা চিন্তা সময় দ্বারা আমি আপনাকে হত্যা করার একটি উপায় খুঁজে পেয়েছি করবে. " সব তিনি বলেন ছিল .

আলো র একটি জ্বলজ্বল তার মনে যে াগ

ধরা যখন তিনি আরো া বলতে সম্পর্কে

ছিলি . তার দিকে , বায়ু মাধ্যমে উড়ন্ত ,

মানব না Rune ঢেকে তলে যায়ার ছিলি .

কুশলতাসহকারে তিনি এগিয়ে একটি পদক্ষেপে

গ্রহণ এবং তার শরীর থেকে ডো নাল্ড এর

মাথা slicing আগে , মধ্য বায়ু আউট , এটি

অক্ষরগুলো া . একটি জাল হাসি , তিনি

একটি সমীপবর্তী বিজয় ছিলি বিশ্বাস করা

কি জন্য , চিরিকালের অন্ধকার প্রাণীর

মুখের নথির হবে . কয়েকে সেকেন্ডের জন্য

তনিি শুধু বরফ আচ্ছাদতি স্থল মধ্যে

প্রথম মুখ অধ আগে সখোনে দাঁড়য়িে .

সামান্থা ফরিে জন টম করতে ফলক

নকি্ষপে আগে তার পছিনে তার রক্ত বন্ধ

অপনে াদতি . সে সংগ্রামে যে াগদান

হসিাবে শীঘ্রই তার অনুসরণ করা . যুদ্ধ

দওেয়া হয়ছেলি আগে আরকেটি 30 মনিটি

করে গয়িছেলিাম. ক্লান্ত জন টম তার হাত

তার কাঁধ যখন স্পর্শ খুপরি ফরিে আগাইয়া

সম্পর্কে ছলি . তারা অক্ষত যখোনে স্পট

মাধ্যমে তার আঙুলরে ডগা থকেে অচলতড়ৎি

শটরে একটি বসি্ফে ারতি , তার কাঁধে .

তনি তার দকিে তাকয়িে বাঁক.

"আমরা কছিু অসমাপ্ত ব্যবসা আপনার এবং

আমার আছে."

তনি কি সব কে ান তার মাথা ঝাঁকান না.

"কি আপনি স্থায়ীভাবে বসবাস করতে চাই

আমরা পরষি্কার করতে পরে জন্য ভাল

বাম হবে."

মর্মাহত , এখনো আবার , সামান্থা ফিরে তিনি সে বিষয়ে কথা হয়েছিল কি জানত কিভাবে সব পথ ভাবছি জলখাবার খুপরি তাকে অনুসরণ করে. তারা খুপরি neared হিসাবে একটি ফর্ম তুষার আউট রূপায়িত . এটি একটি মানবিক স্ত্রী ছিল . তার সঙ্গে, হয়তো বা না তার সাথে মানব এর মুখের চেহারা দ্বারা , জন টম বিনামূল্যে সেটে ছিল দৈত্য ছিল .

"কি এই জন্তু এখানে করছে ? .... আপনি একটি মহান ঋণ বকেয়া ? এবং তিনি আপনার সাথে কি করছে ? আপনি আমাদের এখন পর্যন্ত মিশিয়ে কি অর্জিত? এবং সম্পর্কে কিছু Said " মেলেন্ডা নেভেগিশেন চলে গেছে কিন্তু তিনি তার বিস্ময়কর ঠোঁট চুম্বন দ্বারা প্রবাহিত থেকে শব্দ থামানো । . তার মুখে বিস্ময় শুধুমাত্র সামান্থা এর মুখের আশ্চর্য মিলিছে ছিল .

" মলেনি্ডা এই সামান্থা . সামান্থা হল এই হল মলেনি্ডা . সামান্থা পাশাপাশি আমাদরে নতুন রুম সঙ্গী হয় ... " জন টম গ ৌণ দতৈ্য দকিে তাকয়িে.

"আমি টুইন রাশি বলা হয় না. আমি আপনি যুদ্ধ ক্ষত্রেরে উপর দখেয়িছেনে সম্মানরে জন্য ব্যাপকভাবে আপনি পাওনা. এক সব দতৈ্য এর আপনি নজিকেে দখোনে া হয়ছেে , তারা নয় , একই কনি্তু মনে হতে পারে. "

"সুতরাং আমরা ভে াজন আরে া দুটি ভঙ্গী করিয়া আছে ?" মলেনি্ডা তিনি সত্যিই উপর পরিকিল্পনা ছিলি তুলনায় একটু বশেি সময়রে জন্য দিতে্য এ stared . "আমরা যথষে্ট সরবরাহ আছে যাচ্ছি ?"

জন টম শুধু দিতে্য টুইন রাশি এ খুঁজছনে আগে shrugged . "আমি মনে করি আমরা এই জায়গা প্রস্তুত পতেে , যখন কনে . এখন, , আপনি অন্তত তিনি বছররে জন্য যাচ্ছে আমাদরে রাখা আরে া জানতে পারনে

হসিাবে কে ান সুরুক আছে যদওি আপনার জীবনরে সঞ্চয় ছলি একটি কারণ নহে."

" তনিটি তাকে তাকান পরণিত কনি্তু এটি সব তাদরে মন নভেগিশেন প্রশ্ন স্পে াক যারা সামান্থা ছলি . " আর কতদনি আপনি এই পরচিতি আছে ? "

জন টম ঠকি তার মাথা shook . "কে ান থহে . কথায় শুধু আমি মাটতিে তাকান পর আমার মাথা গঠন বলে মনে হচ্ছে. এটা এখন মজার কনি্তু

প্রতি, এবং তারপর, আমি প্রায় মিথ্যা দড়াদড়ি এই টুকরা দেখতে বলে মনে হচ্ছে. আমি আমার উপর ট্রিপি যাচ্ছি মনে করি প্রতিটি সময় তাদের আমি ডান ভিতর দিয়ে হেটে যেতে পারেন আবিষ্কার. "

" দড়ি টুকরো গুলি ?" তিনি সে সম্পর্কে কথা ছিল কি বুঝতে পারে না বলে তার মাথা shook হিসাবে তিনি বারংবার .

সামান্থা তাকে সাবধানে লাগছলি কনি্তু এটি স্পে াক যারা টুইন রাশি ছলি . "তনি জীবন রখো দখে ?"

সামান্থা টুইন রাশি এ একটা বাজে চহোরা দয়িছে কনি্তু জন টম যাও পাখি . "কে ান মানুষরে নতি্য জীবন রখো দখো যায়. Realms বভিক্ত এমনকি আগে . তনি তাদরে দখেতে পারনে কে ান উপায় নইে."

টুইন রাশি মাত্র shrugged এবং সর্বস্বান্ত হয়ছেলি.

সামান্থা মহিলা মানব প্রমাণিত. "আমি আপনাকে একটি সের হয় জানি . আপনি তাকে বলা আছে কি ?"

মেলিন্ডা দৈত্য এর মনে ভাব চান কিন্তু তার সাড়া পাইনি . কোন কারনের জন্য জন টম এটি গুরুত্বপূর্ণ হতে হয় তার সংরক্ষিত ছিল . " কিছুই নেই. "

" কিছুই ?" সামান্থা জন টম ফিরে তাকিয়ে. " তিনি তার নিজের নেভিগেশন খুঁজে পাওয়া যায়নি কোন উপায়

নহৈ. এমনকি আমি থ্রেডে ইমনকুষ্টিয়া হয়ে থাকলে . কেউ তাদের ভাগ্য ... কেউ কি জাননে পারনে কি ঘটবে সচেতন নই. "

জন টম মহিলা দৈত্য পর্যন্ত গিয়েছিলাম এবং তার বাম কাঁধে তার হাত রাখা যখন মেলেন্ডা সাড়া ছিল . স্পর্শ এ সামান্থা flinched কিন্তু অন্যথায় সরানো । হয়নি. ধীরে ধীরে জন টম তাকে মুখে ামুখি চারপাশে তার পরিণত. তিনি তখন ছিল একবার তিনি বক্তৃতা করনে. "আমি

আপনাকে সেখানে আপনি স্পর্শ জন্য রাগ প্রতিক্রিয়া না জানত কিভাবে সম্পর্কে বলুন ? আমি জানি আমি অন্য প্রান্তরে সঙ্গে আপনার থাকতে হবে যে চেষ্টা করছে , যদি ভাল বাঁধ আমাকে হত্যা করার চেষ্টা করে. "

মেলিন্ডা সাবধানে দুটি প্রেক্ষিত . প্রথমে তিনি কিছু দেখতে না পারে কিন্তু তারপর পার্শ্ববর্তী auras পরিস্কার হয়ে ওঠে . তাছাড়াও তিনি দেখেছি এ ধাক্কা ছিল .

সম্পর্ক সংযোগ শক্তিশালী ছিল .

অত্যন্ত শক্তিশালী . সামান্থা সে দূরে

তার স্পর্শ থেকে সরাতে চেষ্টা ছিল জন

টম এ stared হিসাবে কি সে মজাদার খুঁজে

পাইনি ধারণা ছিল . তাছাড়াও তিনি তাকে

দূরে তার হাতে নেওয়ার পীড়াপীড়ি করে.

তারা শুধু সেখানে দাঁড়িয়ে . চোখ বন্ধ .

অবচিল . তারপর সামান্থা নিজেকে সরানো

অনুভূত. যে কেউ তার থামাতে পারে আগে .

তিনি কি করছেন জানত আগে . সামান্থা

তার বিরুদ্ধে তার ঠোঁট চাপা এবং কর্মের

জন্য নজিকে এ বাদে ভীত ভঙ্গ করার আগে কয়কে মনিটি ধরে তার স্বপ্ন মানুষ, , kissed . জন টম থকে শুধুমাত্র বকি্রয়িা তার পুরে া মুখ পর্যন্ত প্রতভিাত , যা একটা গছে , যখন তার মুখ আরও লাল হয়ে ওঠে . এবং তারপর তনি তার kissed . গভীরভাবে . Lovingly . সব আবগে দয়িে তনি তার স্বামী ডে ানাল্ড থকে প্রত্যাশতি কনি্তু না কখনও উচতি . এখন সে জীবন তাই খুব বশে দনি হয়ছে কভিাবে একাকী উপলব্ধি . কমপক্ষে 30 বছর .

আদায় অবশেষে ধাপ্পাবাজি নেভিগেশন চলে গেছে এবং কত সময় এটা এই পুরুষ মানুষের জন্য ফাঁদ প্রস্তুত ছিল নেওয়া ছিল কতদিন বুঝতে তার চোখে অশ্রু আনা .

"এটা আরো যোগ্য সময়. " সব তিনি বলেন , বা টুইন রাশি ফিরে আগে , জন্য সময় ছিল . তার দিকে ছেড়ে যাওয়া সে দৈত্য ড্রাইভিং ছিল ডেলিভারি ভ্যান তার পথ তৈরি . অন্য কেউ চাকা এ ছিল যদি তিনি যাতে দ্রুত এখানে ফিরে পেতে পরিচালিত

ছলি জজি্ঞাসা কভিাবে থাকতে পারে . এটা অন্য কউে ছলি না. "আপনি যদি আমরা প্রয়ে াজনীয় সবকছিু পতেে পারি? "

টুইন রাশি তনি খিুপরি তাকান চালু করার আগে ছলি nodded . " আপনি আমাদরে জন্য পর্যাপ্ত ফাঁকা স্থান থাকবে মনে হয়? "

জন টম কছিু বলতে চয়েছেলি কন্তিু সময় সঠকি ছলি না জানত. এখনে া . মলেনি্ডা এ ধরে খুঁজছি পির তনি টিুইন রাশি ফরিে পরণিত. " আমরা এই

ট্রপি পর , ট্রাক সটে সরাইয়া করা হবে

পরে অন্য ব্যবহাররে জন্য . এখন যাচ্ছে

পতে , যন্ত্রাংশ আন করার পরে আপনাকে

. একবারে ফরিে উভয় ট্রাক নয়িে আসতে

পারনে, তাই আপনি এই কাজে সামান্থা

প্রয়ে াজন হবে তাই আমরা এই জায়গা

পতে পারনে প্রস্তুত . "

"এবং কভিাবে আমরা এই জায়গা রক্ষা

করতে পারবে ?" টুইন রাশি মানব এর সাহস

প্রশংসতি কনি্তু এই লকে যাও বন্ধ , তারা

বঁেচে থাকতে হবে , হচ্ছে , কিভাবে চিন্তা করতে পারেনি.

"আপনি এই এক সম্পর্কে বিশ্বাস করতে হবে আমি ডান এখন আপনি বলতে পারেন সব. " জন টম সামান্থা উপর walked এবং তার kissed . " যে আপনার জন্য অপেক্ষা করছে আরও আছে ফিরে তাড়াতাড়ি . "

সামান্থা smiled এবং টুইন রাশি সঙ্গে অদৃশ্য. একটি দীর্ঘ সময়ের জন্য তিনি পার্ক আউট

নত্েৃস্থানীয় রাস্তা দকি চ াখে পড়ার মত

, অধ তুষার মধ্যে , সখোনে দাঁড়িয়ে .

তারপর তনিি লকে উপর আউট তাকান

প্রমাণতি. উত্তর . তনিি অবশষে তার

দকি তাকিয়ে পর্যন্ত . " একটি ঝরনা

নতি প্রস্তুত? "

মলেনি্ডা শব্দরে সঙ্গে উত্তর কনি্তু

শাওয়ার স্টল ছলি যখোনে বাথরুম তাকে

নতে্ৃত্ব তার হাতে ননে ন . ধীরে ধীরে সে

তাকে চালু করার আগে অসংবৃত . তারপর

তনি ধীরে ধীরে ঝরনা চালু করার আগে তাকে অসংবৃত . "আমি জল হবে কভিাবে গরম জানি না কন্িতু এটি লকে চয়ে উষ্ণতর হতে হবে ... "

এটা যতটা তনি তার kissed যখন তনি পয়েছেলিাম হসিাবে ছলি . এটি তীব্রতা ভাবে তনি আশা করছেলিনে কি অতকি্রম ছলি . সব বরাবর তনি তনি বদিায় বলার অপকে্ষা রাখে না কন্িতু তনি তার তার ঠোঁট থকে পাশ করে কি করে ছলি চনি্তা

ছলি . এটা অবশ্যই একটি চরিকালরে চুম্বন ছলি . আমি ভবষি্যতে চুম্বন একদা আপনি দখেতে পাবনে. পাশাপাশি আমি সবসময় প্রমে হবে হসিাবে আপনি চুম্বন . তবুও, একই সময়ে , এটা আপনি আমাকে চুম্বন তুলনায় বভিন্নি ভবষি্যত আছে না. তার হৃদয়রে তনিি প্রথম টুইন রাশি দখো যায় যখন একটি বীট মসি করনে কনে আর সঙ্গে সঙ্গে তনিি জানতনে . জন টম এই নতুন মত্রি ছলি তার বলতে ফরিে আসা ছলি আগে . তনিি একটি জীবনরে অনকে দুঃ

থ আনতে হবে যা আসছে ছলি কন্তিু , তনি

আগে দখেনেনি তনি মিত দীর্ঘ ময়োদে ,

আরও অনকে কছিু আনন্দ এবং সুখ আনতে

হবে তার দখোতে তার হৃদয়রে খে ালা ছলি .

তারপর তারা চূড়ান্ত সময়রে জন্য প্রমে

করছেনে . অনুভূতি চরিকালরে ছলিনে তাদরে

রাখা হবে যদওি তা আবার শারীরকি হতে

হবে . তাছাড়াও তনি নিজিকে এর কছিু

প্রতরিে াধ হয়নি . তনি তাির তার আত্মা

দওেয়া. তনি প্রিশ্ন ছাড়াই এটি গ্রহণ .

তারপর তনি ঘিুরে, তাকে তার আত্মা

দিয়েছেন . এই তিনি খুব প্রশ্ন ছাড়াই গ্রহণ . আর বন্ড ছিল সম্পূর্ণ . উভয় তাদের প্রেমে বিশ্বের মধ্যে আনতে হবে কি জানত. আজ রাতের জন্য তা যথেষ্ট হবে . তারা অতিবাহিত হয়েছে একবার দুই ডিনার তৈরি শুরু করতে পাশের হবার আগে একে অপরের বন্ধ শুকনো . অন্য দুটি পেয়েছেন সময় দ্বারা এটি ফিরিয়ে প্রস্তুত.

"আপনি যদি শান্তি পাওয়া যায়? " তারা খেয়ে ফেলেতাম হিসাবে টুইন রাশি মেলেন্ডা জিজ্ঞাসা.

"আমি আছে." সে তার হাত গ্রহণ হিসাবে তিনি বলেন,. "আমি শুধু আমার চ ে াখ কিন্তু আমার হৃদয় ব্যবহার না করেই দেখেতে প্রয় ে াজন . "

টুইন রাশি তার ব ে াঝার smiled কিন্তু এটি বিভ্রান্ত ছিল সামান্থা ছিল . " আমার মনে হয়েছে ...? "

জন টম তার মাথা shook . "আমরা সবসময় বন্ধু হয়ছে এবং সবসময় বন্ধু হতে হবে. আরে া কছিুই . একরকম আমরা একটি দীর্ঘ সময়রে জন্য এই পরচিতি আছে . এখন আমরা একটি নতুন জীবন শুরু করতে রূপান্তর করছেনে . আমি তার রক্ষা এখানে হতে পারে না , তাই আমি যারা পারা এক আউট চাওয়া . আসলে দুই যারা পারে . "

" আপনাকে আমি তাদরে সাথে এখানে থাকবে বলছে হয়? " সামান্থা

সে কিন্তু তিনি এখন বলছে কি দ্বারা জন

টম সঙ্গে ছাড়ার করা হবে ছিল .

"হ্যাঁ . কিন্তু না এখনি . আমি আপনি খুব হয় অন্য কারো র সঙ্গে হতে পূর্বনির্দিষ্ট করছি . তিনি এখনও খুঁজে পাওয়া যায় নি . যত তাড়াতাড়ি আমরা তাকে খুঁজে পেতে হিসাবে হিসাবে প্রয়োজন তাহলে আমরা উপায় অংশ হবে. তারপর আপনি দুটি ফিরে আসতে হবে এখানে তাদের সঙ্গে বাস করার জন্য . " তিনি সময় নেই শুধু এটা

সদি্ধান্ত নয়িছে, কনি্তু ঠকি আছ, তাদরে

গুরুত্বপূর্ণ কছিু জানাত আগ জন টম

একটি মুহূর্ত জন্য বরিতি দওেয়া . "আসল

আমি ফরি এখান একটি একক দনিরে জন্য

এক শষে সময় আসত হব. এটা একটা

ভাল । দনি না কনি্তু আমি আমি যা করত

হব তা জানা এবং এটি সব এখান শুরু হব.

আমি খুঁজ প্রয় াজন জন্য য সময়

আমার ব্যক্তগিত যাত্রা শুরু হব আমি

তার জানত পারনে আগ আমার সত্য স্ব

. "

"যারা খুঁজে পাও?" সামান্থা তাকে জিজ্ঞেস করলাম .

"আমি আমি সত্যিই এই উক্তি করা উচিত নিশ্চিত না কিন্তু আপনি তিনি জানা প্রয়োজন আছে . আমি আমার সত্যিকারের ভালবাসার খুঁজে পেতে আছে ... "

হঠাৎ একটি হালকা মেলিন্ডা এর চোখ বন্ধ গিয়েছিলাম. "বাহ ! আমি এই আসছে দেখা উচিত. তিনি জানেন না?"

জন টম কে ান তার মাথা shook . "

তাছাড়াও সে সময় পর্যন্ত সঠিক হবে. "

"এটা খুব খারাপ . " মেলেন্ডা তাঁকে এ smiled . "আমি সবসময় আপনি এবং Sara একটি মহান দম্পতি যাবে না চিন্তা আছে . কিন্তু এই আপনি কি করবেন পরিবর্তন করতে যাচ্ছেন বুদ্ধিমান না? "

"সংখ্যা" দু: খিত হাসা তার মুখ জুড়ে দ্রুত পাস . " সময় সঠিক

না হওয়া পর্‌যন্‌ত আমি আমার মন থকে ,

তার মধ্‌যে , মমেরি নশি্‌চহি্‌ন হবে, যা এই

বছররে শষেরে দকিে কছিু করতে হবে এই

স্‌ক্‌রু আপ না নশি্‌চতি . আমি আমি তার

খুঁজে আছে আগে যা করতে হবে কছিু জনিসি

আছে. তনিি আমাকে খুঁজে বরে করে আগে বা

ভালে া করা. "

"কি আমার সম্‌পর্‌কে তারপর ?" সামান্‌থা

তার হাত ধরে নেনে .

"এটা সহজ. আমরা আমরা এখানে ফিরে আসা আগে যত্ন নিতে কিছু খুব গুরুত্বপূর্ণ প্রশিক্ষণ আছে." জন টম তার এ smiled .

"এটা এবং যত্ন নিতে কিছু অন্যান্য খুব গুরুত্বপূর্ণ বিষয় . " এই সঙ্গে তিনি গভীরভাবে তার মিষ্টি ঠোঁট চুম্বন করতে তার ঘনিষ্ঠ সৃষ্টি. তার পরিপূর্ণতা মিষ্টি আর্দ্রতা চাকন পরিচিতি থেকে তাকে মধ্যে চোঁযানো . তিনি দূরে টানা যখন সে আসতে ছিল কি বুঝতে sighed .

মলেনি্ডা জন টম তার মাথা shook যখন কছিু জজি্ঞাসা ছলি . "আপনি দুই এই জাগা আপ স্থাপন শুরু হব. আমি একটি সম্ভাব্য ধারণা একটি স্কচে বাকি কনি্তু গুরুত্বপূর্ণ পয়নে্ট ভাল কাজ করবে যাই হ াক না হয়." জন টম টুইন রাশি দকিে তাকয়িে. "আমি আমি আপনাকে নরিাপদ তার রাখার জন্য এটা কভিাবে গুরুত্বপূর্ণ আপনাকে বলতে হবে না মনে হয়. আসলে আমি আপনি হবে কে ান সন্দহে আছ."

টুইন রাশি মেলিন্ডা এ smiled . " আমার মনে হয় এটা সম্ভব একটি মানবিক স্ত্রী সঙ্গে প্রেমে পড়া করার চিন্তা আছে কিন্তু এটি সবচেয়ে নিশ্চয় আমি কি চাই না. আমি শুধু আমি আপনি কি তার মতো খুশি করতে পারেন আশা করি. "

মেলিন্ডা তার পাশ থেকে সরানো . "আমি আপনাকে আমার আরও অনেক কিছু সুখী . আমরা বন্ধু করতে হবে কোন সন্দেহ নেই.

কনি্তু আপনি, এবং আমাকে, টুইন রাশি বিয়ে করা হবে. "

জন টম অধ তুষার সময়ে কাছাকাছি খুঁজছি আগে চুক্তিতে nodded . " চলে যেতে সময় . প্রথম স্টপ মাইল পয়েন্ট এ ছোট খুপরি হয় . তারপর আমরা সেখানে আমরা যা করতে হবে তা থেকে চিন্তা করতে হবে. "

সামান্থা হ্রদের দিকে তাকিয়ে. "কেন মাইল বিন্দু ?"

"আমি আপনাকে বলতে পারে না যে . " জন টম মেলেন্ডা বিদায় kissed এবং টুইন রাশি হাত shook . " সকালে ডিসেম্বের 21 উপর আপনি দেখতে পাবেন . "

"কেন ... " তারপর মেলেন্ডা নিজেকে ধরা

.

" বিশ্বের সমাপ্তি পন্থা এবং আমরা খুব সতর্কতা অবলম্বন হিসাবে পরবর্তী কি আসে জন্য প্রস্তুত হতে হবে. " জন টম সামান্থা এর হাত

ধরে নেন . " আচ্ছা ! " তিনি তার জিজ্ঞাসা সব ছিল . এটা তার কয়েক সেকেন্ড সময় নেন কিন্তু তিনি জিজ্ঞাসা ছিল পরিশিষ্টে মধ্যে পড়ছেলি এবং তারা শুধুমাত্র মাইল পয়েন্ট নেভিগেশেন ছে াট কুটরি সামনে অন্তর্ধান থেকে অদৃশ্য.

শেষে

CPSIA information can be obtained at www.ICGtesting.com
Printed in the USA
LVOW04s1554091214

418011LV00016B/1111/P

9 781495 987243